KB260171

와글와글 꼬꼬맘

꼬륵꼬륵 배가 고파요

가로쿠 공방 글·그림 | 김난주 옮김

꿈소담이

꼬꼬맘이 병아리들에게 줄 간식을 만들려고 해요.
그런데 프라이팬이 보이지 않아요.
"어쩌나, 프라이팬이 없으면 만들 수가 없는데."
병아리들은 꼬르륵꼬르륵 모두 배가 고파요.

껌
분유
띠클
야옹쿠르트

중성
세제
물에 잘 녹는
슈퍼
hens
왕자

"엄마 프라이팬 사 올 테니까
모두들 집 잘 지키고 있어."
꼬꼬맘은 서둘러 집을 나섰어요.
"프라이팬이 뭐야? 무슨 빵 이름인가?"
"먹어 본 적은 없지만 맛있을 거 같아!"
병아리들은 꼬꼬맘을 뒤쫓아 가기로 했어요.

복돼지 재활용 센터
오른쪽 첫번째
불조심
♪프라이팬 프라이팬
맛있겠네 맛있겠네
어떤 빵일까♪

배고픈 병아리들은
상상의 나래를 한없이 펼쳤어요.

그런데 꼬꼬맘이 산 것은
먹는 빵이 아니라 요리하는 도구였어요.
"뭐야, 빵이 아니잖아!"
병아리들의 목소리에 꼬꼬맘은 깜짝 놀랐어요.
"집 지키고 있으라 했는데,
이렇게 따라오면 어떡해."
두근두근 설레는 마음으로
따라온 병아리들은
실망해서 기운이 쪽 빠졌어요.

특가
100
편리해지는 도구   수세미
골라잡아
세탁화점   1000

"그렇게 실망할 거 없어!
이 프라이팬으로
맛있는 팬케이크를
만들면 되니까!"
"진짜? 그럼 빨리 집에 가서
만들어 주세요."

우선 밀가루를 볼에 담고,
"그 다음은?"

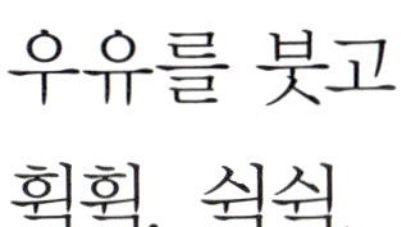

우유를 붓고
휙휙, 쉭쉭.

쭈-욱 반죽을
프라이팬에 붓고서,
노릇노릇 구워질 때까지
기다리는 거야.

뽀글뽀글 거품이 생기면
다 구워졌다는 신호.
"그리고, 그 다음은?"

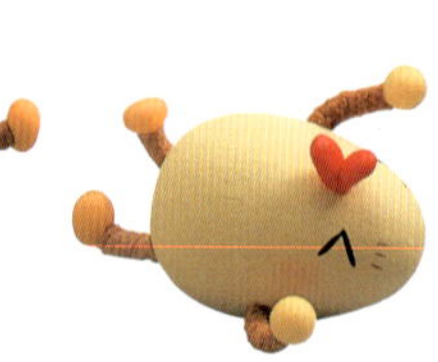

13

"이런!
까맣게 타 버렸네!"

팬더 아저씨네 장화점
10월
일 월 화 수 목 금 토

"으앙, 이렇게 탄 팬케이크를 어떻게 먹어."
"흑흑, 여기 이 그림 같은 팬케이크가 좋단 말이에요."
배고픈 병아리들은 또 기운이 쪽 빠졌어요.
"이를 어쩌나……"
꼬꼬맘이 어쩔 줄 몰라 하는데……
'딸랑딸랑.'
"군고구마아~"

"앗, 군고구마 아저씨다!"
꼬꼬맘과 병아리들은 헐레벌떡 달려 나갔어요.
"다 팔리면 안 돼!"

토끼
토끼
군고구마
군고구마
군고구마

그런데 마침
일터에서 돌아오는 아빠가 군고구마를
사고 있었어요.
"아빠 왔다. 자 선물이다."

"우와! 한 아름이네!"
"자, 집에 가서 다 같이 먹자꾸나!"

토끼네
군고구마
토끼네
군고구마

"후우, 후우, 맛있다."
병아리들은 따끈따끈한 군고구마를 호호 불면서
맛있게 먹었어요.
모두들 배가 불러 대만족.

뿌웅~.
"무슨 소리지?"
"우욱, 냄새. 방귀 소리다."
병아리들은 이리저리 줄행랑.
하하하, 범인은 누구일까요?

지은이 | 가로쿠 공방

니시야마 가즈히로, 뒷마당의 가로쿠 공방.
나무와 점토를 사용해서 작업하고 있어요. 작품에는 『소중하게 간직하고픈 12가지 인형극 명작 보물상자』, 『언어 북 부타르 씨의 집』 등이 있어요.

옮긴이 | 김난주

옮긴이 김난주는 우리 문학과 일본 문학을 두루 공부하고 지금은 일본 문학을 우리말로 옮기는 일을 하고 있어요.
어린이들을 위해 옮긴 책은 『도토리 마을의 빵집』, 『까만 크레파스』, 『난 등딱지가 싫어』, 『백만 번 산 고양이』, 『치로누푸 섬의 여우』, 『난 형이니까』, 『해피 아저씨』, 『아빠의 손』 등 아주 많답니다.

와글와글 꼬꼬망
꼬록꼬록 배가 고파요

2013년 5월 20일 초판 1쇄 펴냄

펴낸곳 (주)꿈소담이 | **펴낸이** 김숙희 | **글·그림** 가로쿠 공방 | **옮긴이** 김난주
촬영 조시가야 스튜디오 | **디자인** 교다 크리에이션 | **로고디자인** LAD, design 요시무라 | **한국판로고디자인** (주)지앤지엔터테인먼트

주소 136-023 서울특별시 성북구 성북동 1가 115-24 4층 | **전화** 747-8970 / 742-8902(편집) / 741-8971(영업)
팩스 762-8567 | **등록번호** 제6-473(2002. 9. 3)

홈페이지 www.dreamsodam.co.kr | **전자우편** isodam@dreamsodam.co.kr | **북카페** cafe.naver.com/sodambooks

ISBN 978-89-5689-872-8 64830
ISBN 978-89-5689-869-8 64830 (세트)

● 책 가격은 뒤표지에 있습니다.
● 꿈소담이의 좋은 책들은 어린이와 세상을 잇는 든든한 다리입니다.